歌集 まんさくの花

橋爪あやこ

砂子屋書房

序

伊勢方信

　橋爪あやこさんは、阿蘇くじゅう国立公園の中で、九州本土では最も高い標高一七九一メートルの中岳をはじめ、大船山・久住山・三俣山・星生山など、九重連山の四季の変化を望むことのできる、大分県九重町の人。
　橋爪さんは、国立公園内の標高八〇〇メートル～一二〇〇メートルの飯田高原長者原にある「大分県長者原ビジターセンター」の館長として、長い間その重責を果してきた。
　ビジターセンターは、広大な阿蘇くじゅう国立公園の自然の姿を多くの人々に紹介する博物展示施設であり、社会教育分野における教育施設でもある。

職務内容は、九重連山の登山基地としての来訪者への情報提供や案内、動植物の保護・管理のほか、施設の効果的な運営など多岐にわたり、充実感を覚える職場であるが、その設置位置から想像できるように、晩秋から冬季の十二月・一月・二月の気温が零度以下になるため、職務を全うするには、余程の覚悟と情熱が必要であったことと思われるが、雄大な九重の自然とともにあるとの認識が、職務を遂行してゆくうちに橋爪さんのあるべき姿や生き方に影響を与え、逞しさと優しさを培ってきたことと考えられる。

そのこともあって、橋爪あやこ歌集『まんさくの花』に収められた作品には、生活詠は当然のことながら写生の歌にも、どこかに作者の影が漂っているように感じる。

この湖（うみ）に逝きたる兄の面影は若し老いづきて岸に吾の立つ

雪の朝住み慣れし家を出でてゆく母の棺は傾きながら

母逝きてわれが最後に読む茂吉心おきなく書込み入るる

染みや垢の付きし表紙の茂吉集母の添書きそこここにあり

真つ暗な廊下をゆきてカチカチと電灯の紐引きて点せり

十畳の障子の部屋を閉ぢゐつつ吾が代で終る部屋かと思ふ

入院の母に通ひしこの道をたどりゆく若葉の季節を病みて

退院後の身の処し方を思ひをり山の秀(ほ)流るる鰯雲見つつ

一首目は、大学生として初めて帰省し、湖で遊泳中に急死した兄への哀悼歌。時間を超えて消えることのない面影である。三、四首目は母を偲ぶ歌。母の初江さんも「朱竹」に所属した歌人で、昭和四十一年十月に大分県歌人クラブが刊行した『大分県歌人名鑑』に「カール・プッセの詩の象徴としたる日も杳けし窓の万年山(はね)の没りつ日」「アルプスの氷河をゆくと書きて来し子と離り住むながき年月」などを含む、印象的な一連が収められている。あとがきに「母の死がきっかけとなって歌を作るようになった」との一文がある。五首目以下には、近年失った他県に住むもう一人の兄や、共に活動を続けてきた「九重（くじゅう）の自然を守る会」の方々との永別もあり、折々込み上げる天涯孤独の思いが滲み出ている。

夕暮れの冷え忍びよる鏡台に稽古の前の眉強くひく
踊りつつゆらぐ体に耐へながら己はげます秋の舞台に
湿原の流れの溜りに今日もまたここを世界と小魚泳ぐ
木道を走りゆきたる児が我を呼ぶなり芒の中を指差し
火挟みにゴミ拾ひをれば横を行く登山者が小さき声かけくるる
三俣山仰ぐ芒のタデ原に今日を一会の人らと歩く
思ひゐし歌の一首の消えてをり高原の職場に雪掻きをれば
地吹雪の長者原より下りこし平地は夕べの静かなる町

橋爪さんは日本舞踊の花柳流の名取りで、花柳流富士和会を発足、会主として日本舞踊の指導に努め、その間に花柳流専門部の資格も取得して活動を続けている舞踊家でもある。一、二首には日本舞踊にかける心意気と覚悟が窺えるが、微かに加齢への不安も流れている。三首目以下は職場での所感。一片の虚飾もなく、ありのままの場面や心を写し得て、仕事を通しての哀感が漂っており余剰が残る。

陽に映ゆる霧氷の山をなぞりつつ淡き白雲動きゆくなり
霜どけの水が一筋光りゐる山道をゆく紅葉くぐりて
夕光を含みて群るる雲のした万年山(はねやま)は青く暗く横たふ

一集の中で随所に収められている自然詠にも、歌を与えてくれるすべてと謙虚に接することを忘れない、優しい眼差しが向けられており、読み応えがある。

この歌集には、驕ることなく休むことなく歩み続けてきた、橋爪あやこという歌人の、褪せゆくことのない人生の軌跡が詰められており、これからも人生の意味を考えさせられる歌を詠み続けてもらいたい。
歌集名とした「まんさく」の歌から一首。

黄の糸のほぐるるごとくこの春の陽射しに生れしまんさくの花

*
目次

装本・倉本　修

歌集　まんさくの花

月に真向ふ

地の下に地震は続けど高原の焼野ににじみ出でし黄すみれ

地に深き地震はあれど降る雨に色あざやかな若葉の揺るる

れんげうや梅を咲かせてどの家も幸あるごとし静かなる午後

小さき庭のフェンスを閉ぢて老夫婦春の日射しの中に出で行く

九重(くぢう)の山の湧水も混じり流れゐる筑後川のさざ波朝日を反す

「九重まで」の紙見せてたどり着きたるかリュックの若き外国人（とつくにびと）は

赤き色の一両電車が走りくる夕陽に昆虫の面差しになり

さびれたる夜のわが町ひたすらに一つの信号点滅をする

背景の九重（くぢう）連山は霧のなか野に仰ぎ見る白秋の歌碑を

文化祭の広場に白き調理帽かぶりし友が遠く手を振る

売出しの農協広場にふる雨を立ちて眺むる法被の人らは

水害の土砂に荒れたる田の面（おも）に菜の花生ふる日差しに映えて

雨の降る山辺の道の闇の中あつけらかんと自販機灯る

長雨の上がりし里に流るるは夕べを知らす「家路」のメロディー

のどかなる山里の景を分割せし高速道路が夕光(ゆふかげ)返す

山間をつらぬく高速道この里を知るよしもなき車駆けゆく

霞みゐる春の山々前をゆくトラックが吐く紫の排気

人形（ひとがた）にたまゆら見ゆる木下闇の苔むす上の五輪塔群

盆踊りの夜空に並ぶ提灯の遥かかなたに細き三日月

文学碑に祝詞をあぐる神官の衣が原の風に吹かるる

山腹の集落の中の竹むぐら生き物のごとく日すがら揺るる

日々歩く道辺の田圃に増えてゆく里人の思ひ込めし案山子が

一日を降るだけふりて静かなる白き街上に一つ星見ゆ

通りつつ目のゆく田中にすすき持つトトロの案山子ますぐに立ちぬ

青田に沿ふ乾きし道を痩身の男歩きゆく影絵のごとく

ごみの屑放るがごとく大樹より逆光に黒く舞ちる落葉

たまらずに落葉を放つ木々の空見守るごとく、ちぎれ雲浮く

地吹雪の長者原より下りこし平地は夕べの静かなる町

高原の風にあふられ遠(とほ)の屋根を雪すべり落つ水の如くに

陽だまりの土手の小さき白き花風に瞬くユキワリイチゲ

フロントガラスに付きたる雪の解けゆきてぞろり流るる夜の谷道

小さき声発して玻璃戸を引きてみる空も通りも茜ひと色

街の音も届かぬ深き森の中の御社につづく参道をゆく

木枯らしの音に振向きみる窓にすすき波打ち山動かざり

直角に曲れば田んぼの中の道これより月に真向ひてゆく

今宵の月

発表会の近づけば交す言葉にも尖りを帯ぶる弟子達とわれ

浴衣着て稽古に来たる子供らに今宵の月が欠くるを告ぐる

寄合ひて弟子らの睦む声のあり離れて孤立の一人なる我

夜に来し稽古のひとりに頂きしは厚く冷たき春の椎茸

舞の稽古終へし若きが「自主トレをします」の言葉残し帰りぬ

幼き日に教へたる娘(こ)の訪ねきて垢抜けし姿に我を見おろす

麗しく成長をせし教へ子に吾はうはずりて言葉をさがす

浴衣着の稽古を終へて外(と)に出でしをみなは告ぐる虫鳴きゐると

稽古をしつつ踊りは痴呆の予防なりと言へども誰も定かならざり

梅雨晴れの庭べの我を訪れて踊り辞むると老弟子は告ぐ

厳しき言葉吐きたる稽古の帰り道に悔のたちくる夜の運転

たまゆらの孤独

夕空を映して光る川の面まなこに残し稽古に向かふ

夜の稽古に運転しゆくわが姿を見守るごとき面長の月

夕暮れの冷え忍びよる鏡台に稽古の前の眉強くひく

一曲の舞台に一日を費しぬ構へたる身の帯ほどきゆく

振付けの舞が変りて踊らされし夜を幾度も寝返りをうつ

わずか五分の舞の舞台にひたすらに稽古を積みつつ秋深みゆく

踊りゐて手順狂ひしたまゆらを孤独がよぎる小さき舞台に

踊りつつゆらぐ体に耐へながら己はげます秋の舞台に

舞台にある我に集まる数多なる人の視線に耐へつつ踊る

舞も歌も成し得ぬ半端なる吾の姿が映る稽古場の鏡に

舞ながらつと静止してふり向きし鬼の面（おもて）に不気味さ漂ふ

稽古終へ曲りくねりし谷の道黙々と帰る月のなき夜を

積む雪の重みにたれし谷の木々亡霊のごとく闇につづけり

舞踊の稽古終へたる夜の気怠さに炬燵に居りぬ外（と）はなごり雪

生きてあること①

這ひてゆく蚯蚓に群がるちさき蟻目を離しがたく目を逸らしたく

土の上(へ)に果たる大き蛾の羽の破(や)れても黒き紋のあざやか

池の面(も)に浮かぶ花屑風にゆるる合間に蝌蚪の泳ぐが見ゆる

かすかにも蛙の声する水張田のかたへを飾るまたたびの白

黙々と草をむしりて洗ひ場の川辺の蛙に声をかけたり

目覚むれど猫の居ぬ朝窓の外の底ひよりすだく細き虫の音

草むしる手元に出でてパニックのみみずが吾が靴這ひて越えゆく

ボンネットにきて細やかに手を使う緑の目をせし虫と向合ふ

葉の先に行詰りては引返す尺取虫の徒労を見つむ

部屋内に紛れ込みたる蟋蟀の近き音色に夜をたぢろぐ

草叢に入りゆきし友の傍へよりゆらりと飛び立つアサギマダラが

木の陰に下りし緑の小さき蜘蛛ふいに手繰りてのぼる素早さ

ちひさくも緻密な網にゐる蜘蛛の動けば朝の光がゆらぐ

下枝（しづえ）より下草にかけし大ひなる網を編みしは縞々の蜘蛛

跪き岸より覗く海のなか海よりも青き小魚の群る

湿原の流れの溜りに今日もまたここを世界と小魚泳ぐ

山里の弔ひの家三毛猫が車のバンパーに身を摺り寄する

草原の霧のなかより出でたるは孤独抱きたる黒馬の影

牧場に沿ふ道ゆけば黒牛の視線があまたわれに集まる

蜘蛛の網に揺れゐる一葉草の地に届かぬ無念秘めゐしごとく

生きてあること②

雀らが好み潜みしげんげ田の起こされて土の新しき色

紙切れのひらりと落つる様（さま）に似て夕べの峡田に白鷺降り来

匂ひ濃き菜の花畑を歩きゆく吾を警戒する鶯の声

風波をよけて岸辺に寄合へる水鳥ときに立ちて羽ばたく

川水のよどみに小さき鴨一羽たゆみなく水輪生みつつ泳ぐ

羽ばたきて水面蹴りつつゆく鳥の川横切りし水脈（みを）のあざやか

上流に向かひて水面すれすれに飛ぶは忙しげな背黒鶺鴒

映しゐる緑さ揺るる川の面（も）を自在に飛交ふ鶺鴒の二羽

岸の辺の岩に降りたち首振りてあたり伺ふ鶚（みさご）の鋭（と）き目

わが頭上過ぎゆくときに青鷺の一羽が残す夕方の声

静かなる川面に水脈を引きてゆく鳥ふいに消え広がる水輪

忙しなき思ひに運転する前を鴉がスキップしつつ横切る

真向ひの屋上の縁を少しづつ雪落としながら鴉の歩く

会話する目は追ひてをり裸木の梢(うれ)を越えゆく白き鳥二羽

ジュークボックス

庭草を抜きをれば列車の音のしてふいに湧きくる旅への思ひ

若き日の思ひ出のこる関門橋早瀬にのりて船過(よぎ)りゆく

海峡の片隅の街におぼつかなく若さを浪費せし日々のあり

港町のジュークボックスに流れゐし「くちなしの花」ときに過れり

精神の彷徨ひてゐし若き日の和布刈（めかり）の夜の暗き海の面（も）

出港のわが乗る船をゆり鷗の群しなやかに巡り飛びつぐ

海峡の縁をつづりし街の灯の上にかたむく赤き夕陽は

愛とは言へぬほどのはかなさ帰省する列車の我と見送る君と

北へ

ランタン祭りの祭壇は朱の色に満ち豚の頭が吾を向き並ぶ

天主堂そばの路地より出でし猫のばすわが手にたはやすく来る

藍色の海をさまよふ魚のごとわが飛行機の影雲海をゆく

竜の子の形せる雲ひとひらが透くる夕空旅をしてゆく

今日のみの仕事の縁(えにし)連れだちて夕べ小雨の渋谷を歩く

腰かけて視線に困る山手線都会のひとは良き靴を履く

朝まだき築地の市場音たてて縦横無尽に台車が走る

傘をさしリュックを負ひてゆく老の東京の暮らし安からざらむ

多摩川の河原の藪の小き池に音なく流れ込む水のあり

まなかひに多摩川見つつ青梅市の青梅の謂れ立て札に読む

多摩川の水辺に降りむと土手の道を行き戻りする遠く訪ひきて

この空にひとが居るのか光りつつ星の間(あひ)ゆく吾が乗る飛行機

新幹線の窓に見下す三階の灯りの部屋に人らの動く

白山の深き谷間をうめつくし動くともなし緑のダム湖

白川郷の澄みしながれに進むなく並びて泳ぐ大き鯉　鱒

白山の山間ぬひてゆくバスのトンネル抜くれば近き青空

東北をゆく夜の汽車ひそまりて外語に低く話す声する

晴れわたる旭川の朝まちの音吸込みてつもる雪の静けさ

夕光のやはらかき色片面に返しつつ雪の旭川ビル街

父の里チョンハーへ行く歌声は心にひびく父知らぬ吾に

現実にもどりし一歩わが町の雪のホームに夜を降り立つ

峡の道走るライトに照らされて工事中標識の蛙が笑ふ

運転の山道ふいに開けたる視野に広がる夕焼けの空

夜の部屋

春の陽の道に憩へる車椅子の媼に言葉探しつつ寄る

勤め終へ帰る町筋はや暮れて理髪店のサインボールきはだつ

夫逝きてふた年を経しその妻の眼(まなこ)のややに厳しさを帯ぶ

自転車の館長さんは吾が挨拶に気づかずにゆく日照雨(そばへ)の道を

道の辺の野草を愛でつつ秋の陽に汗ばみてゆく大観峰へ

ボランティアの女性も交じりて我が庭の土砂を除去せり黙々として

十二時間は働くといふ苦学生問はず語りにその奮闘を言ふ

秋祭りの神官の務め終へてこし友の飲む夜の酒酔ひのはやかり

停電より灯りの点きし夜の部屋にもろもろの機器の目覚めたる音

ガレージの灯りにまばらなる雪の漂ひゐるをしばし見てゐつ

病室の窓

心決め病院へ行く道の辺の朝の光に透く合歓の花

入院の母に通ひしこの道をたどりゆく若葉の季節を病みて

湯布院の朝（あした）の冷気桃色のカーテンの中の病室に覚む

霧深き朝を手すりにスキップで雀が動く病室の窓

待合室の水槽の底の砂芥ひたすら頭突きに起こす魚あり

寂しさを告ぐる人なく痛む肩に耐へつつ夜のパソコンに向く

唯一なる救ひのごとく痛み止めと睡眠剤あり手術前夜を

「あやちやん」と母独特の声色に目覚めぬ肩を病みゐし床に

さまざまな思ひの病衣干されこし物干し竿が雨に濡れをり

四階の病室（へや）に吹き入る風にのり馬車の蹄の音すぎてゆく

病室より見おろす午後の陽の苅田幼子と父の駆け足続く

夜の地震止みて病室に看護師と患者が交す会話の聞ゆ

夕靄にうるむ町角痩身の喪服の女が花もちてゆく

思ひ巡らすことの多くて朝の髪のベートーベンの如きが映る

わが齢（よはひ）自覚せしとき仰ぎみる杉の穂先を白雲がゆく

退院後の身の処し方を思ひをり山の秀（ほ）流るる鰯雲見つつ

月光の道

くひ違ふ会話のしこり抱きつつ寄りゆく窓を霧が流るる

白黒の映画見終り秋雨の広場に出でぬ黙せる人らと

一人住む家出でて物を買ひにゆく町の黄昏ネオンが灯る

仕事場の客に厳しくそしられし夜をベッドに丸く眠りぬ

数年ぶりに逢ひたる友の細りたる頰を思はず手のひらに撫ず

停電の小暗き部屋になすすべもなく蠟燭の炎を眺む

顔近く寄せきてマスクの訴ふる眼切なし冬の日の午後

かすかなる風に香りのあらむかと息を吸込む花冷えの朝

人去りし夕べの湿原とりよろふ九重（くぢう）の山をわがものとして

宴席の遠（とほ）より声をかけくるるに笑むほかはなし耳悪き吾は

疲れたる身に帰宅せり柿の葉の緑が西日に照りてはためく

雨樋の破れしならむ寝ねがたき雨の夜たちくる一筋の音

暗き家のドアを開くれば我よりも先に射込む月光の道

集落の盛衰のさまながめつつ一人に支ふるわが家を思ふ

冬の雨

向ひ家の屋根添ひの空ほの赤くレモンのごとき月と出会ひぬ

マスクつけ離れ座りし会終へて耳悪き我のむなしく帰る

菜の花の束をかかげて踊りゐるごとき男(を)の子が車窓(まど)に過ぎゆく

手探りのごとき運転霧の濃き水分峠(みづわけたうげ)に滲む青信号

濁流の過ぎたる庭に平然と色冴えわたる額紫陽花の花

昨夜（よべ）ふりし雪の重さを語るごと朝日にしきり雫する木々

たまたまに目をやりし窓の裏山にもだゆがさまに大樹の揺るる

一陣の風に路面をまろびゆく落葉は小人のダンスにも似て

蜘蛛の網にかかりし落葉ひとときを木立の風に蝶と化しをり

歩きくる媼に触れし里芋の葉よりゆらりと水光り落つ

一点より湧き出づる流れのごとくにもフロントガラスに襲ひ来る雪

落ちなむとする瞬間を金色の光とどむる氷柱の雫

廂より真珠を散らすごとくにも光りて雪解の雫こぼるる

庭木々の梢(うれ)まであまた光る玉結びて冬の雨降りつづく

ミニトマト

川沿ひの道を連れ添ひ杖つきし嫗に習ふ畑作りを

地に這ひて草とる我は幾度も鉄砲百合に頭（づ）をなでらるる

ひと畝も続かぬ畑（はた）打ち裏山のけやき若葉を度々あほぐ

畑仕事終へ洗ふ手を撥ねて散る水に夕べの光がおどる

秋に入り疎遠となりし庭畑に滴るごとくミニトマト残る

幹をたぐり寄せたる先の楤をとる友と我との阿吽の動き

友を送りし帰りの店にひたすらに蕎麦すすりたり同年の人らと

湖(うみ)に死す

この湖(うみ)に逝きたる兄の面影は若し老いづきて岸に吾の立つ

浪人を経て大学に入りたる兄は初めての帰郷に逝きたり

湖に沈みし兄の救助を乞ふ我のうつつもなくてただ走りたり

静かなる湖面をすべる白鳥が頭をもぐらせて広がる波紋

岸に立ち家族の見てゐし湖の水面より消ゆ泳げる兄が

すでに顔色変りし兄にすがりつく母の泣く声空気を裂きぬ

旋回をしてゐし鳶が突然に身をひねり湖面に急降下せり

飛行機の下に輝く雲の原ひとの生き死にこの下にあり

灯を点す

進学する小山菜摘さんへ

満作の黄の色に霧氷付きてをり　霧氷に負けぬ花であれかし

春の野につぶらに澄みしりんだうの花のごとくにおはしませ汝は

夜の目にも麗しく見ゆる教へ子が微笑みて過ぐ祭の道に

ブルーベリーの実にあまた来る黄の蜂のさまを見むとしまた引返す

散敷きし水玉模様の梅の花踏み歩きゆく香に包まれて

おぼろなる夏の夜空に緋の色の滴るごとき山の端の月

水のごとく透くる夕空わが里の杉山の影鋸の歯に浮く

真つ黒な廊下をゆきてカチカチと電灯の紐引きて点せり

やり場なき思ひに望む杉山の背向(そがひ)に白き湯煙の立つ

木々の影縞目に映し射しこめる夕光(ゆふかげ)に落葉の色よみがへる

友を呼ぶ声にも聞ゆるヒースヒス　雲重き空の電線に一羽

隧道の暗き入口はすかひに過りて山の桜花ちる

小雪まふ里を出できて晴わたる雲海の上（へ）の朝の飛行機

離陸前の助走の飛行機とりかこむは雪の平原旭川空港

蜻蛉

細りゆく母の命に呼びかくる言葉貧しく夜の更けゆく

痩せ細り生きつづけたる母の肌透けて冷たし湯灌をすれば

出棺の道に出づれば雪のなか並ぶ人らに胸の迫りく

雪の朝住み慣れし家を出でてゆく母の棺は傾きながら

少数の親族（うから）あひ寄りあまりにも脆きみ骨を畏れつつ拾ふ

母の骨胸にだきつつ父や兄の骨抱きたる母を思ひぬ

母を送り一人となりぬ石楠花の咲く沓掛の山道をゆく

施設なる母の夢より覚めてのちやり場なき身に寝返りをうつ

亡き母とボートに乗りたる金鱗湖夕べ緑の山影ゆるる

母あれば嬉しき顔の目に浮ぶディックミネ　淡谷のり子の歌声

亡き母に声なき言葉をかけながら暗き仏間の襖を閉むる

吾は都にありて一人居の妣の歌「壁に向かへど壁に声なし」

染みや垢の付きし表紙の茂吉集母の添書きそここにあり

母逝きてわれが最後に読む茂吉心おきなく書込み入るる

庭隅に猫葬りて真実に一人となりし家に入りぬ

手には来ぬ目つき鋭き野良猫が歩けば距離をおきて従き来る

墓掃除の朝の山峡(やまかひ)さしこめる陽に向きて飛ぶあまたの蜻蛉

山芎薬

その下に深き谷底秘めながら霧やはらかく夕べ漂ふ

牧ノ戸峠の空に生れしひと片の雲動きゆくは旅のはじまり

足元に土なだれくる斜面にて光を集むる橙色の蘭

山深き沢筋に咲く山芍薬遠目にもその白が吾を呼ぶ

夕迫る森の奥所に大き幹くねらせブナの沈黙ふかし

人間を拒める山の重なりの奥処に見ゆる雪の白山

天空に冴えゆく星座のひろがりてほのかに白き雪の峰々

杉山の重なる遠(をち)にかすみゆく青き三俣(みまた)山の見ゆが嬉しき

高原の道の水溜り曇り日の秋の草ぐさしづかに映す

登山路のみちを譲れば大股に若きカップル颯爽と過ぐ

やうやくに着きたる頂上草はらに夕日を返すミヤマキリシマ

頂きをきはめし帰路の草原に憩ひ安らぐ談笑のとき

繊細な音を奏づるごとくにも細(こまや)かなりし桂の芽吹き

兄を送る

待合せのホテルの前に高齢の兄ヌーボーと歩みて現る

耳遠き兄妹の会話とぼしくて寝につく部屋の一つ虫の音

脳梗塞に倒れし兄の見違ふる姿に逢ひぬ遠く訪ひきて

言葉まで失ひし兄に故郷の祭りを言へば「オーオー」と応ふ

半身麻痺になりたる兄の看護師に卑屈なまでに腰低くをり

重病の兄と別れて助走する飛行機は果しなき青空に向く

再会に手のひら軽く合したる余韻残れり一日ほのかに

兄夫婦のゆるき歩みを振返り待つ我もまた高齢なりき

埼玉の兄を訪ひ互みなる老いには触れず駅に別れぬ

弔ひのロビーに落ちし数珠の玉生ある如く動き散りゆく

葬終へてホテルの部屋に横たはり見知らぬ街の喧騒を聞く

いちどきに齢のにじむ顔映る弔ひ終へしホテルの鏡に

兄の仏事やうやく終へし夏の空合歓の綿毛の花が吹かるる

兄逝きて係累なべて消えたれば何を飲みても頭(づ)の重くなる

逝きたる人へ

九重の自然を守る会・理事　江上嘉幸氏逝く

限りなく人よき友を蝕みし癌とふ病容赦もあらず

常ならむ顔色に胸迫りつつも常のごとくに会話をなせり

噎せかへる若葉の谷を辿りゆくにもはやこの世に君は座さぬ

わが職場の談話室にて居眠りの多き君すでに病みてをりしか

きみ逝きてひと年を経し今年また九酔渓の若葉萌え出づ

九重の自然を守る会・副会長　船津武士氏逝く

忽然と君は逝きたり西空に赤くたなびく夕焼けの雲

若きより巡りし郷（さと）の山々に声ののこれり姿残れり

九重の自然を守る会・会長　嶋田裕雄氏逝去

父であり師であり最もひそかにも心に頼りしひと逝き給ふ

かつて師を慕ひ集ひし青年らも白髪まじりて通夜に寄合ふ

賑やかに月見をしたるお座敷に師はひそやかに痩せて永眠す

タデ原の陽

腰痛の我を気遣ひ鷲摑みのわらび差し出す野原に友が

山頂に弁当を食ぶ遥かなる阿蘇山につづく大地俯瞰し

石の上倒木の上　思ひおもひに座りて若葉の山の弁当

山水で淹れしコーヒー手にしつつ高き大船（だいせん）山の紅葉仰ぐ

霜どけの水が一筋光りゐる山道をゆく紅葉くぐりて

陽に透きてしたたるごとき満天星の赤きかたへの山道登る

谷間（たにあひ）の黒き山影が囲む空いや冴えわたる月と帰りぬ

親しみし山男逝きぬ酔ふほどに甲高き声になりし築後弁

運転の心も濡れてゆくごとし高原を閉ざす霧雨の道

遥かには由布岳も見ゆ冬晴れのタデ原を友と陽を惜しみゆく

唐黍に腹満ちし午後を感性の鈍く座れり山の職場に

接客に追はれし暑き日を終へてひとつの梅に口をすぼむる

気苦労の職場を終へて仰ぎ見る真綿のごとき雲を縫う月

曙　草

三俣山仰ぐ芒のタデ原に今日を一会の人らと歩く

草原にヒゴタイの保護なしをれば速度を下げて車行き過ぐ

湿原の花覗きゐつつ何時の間にか見知らぬ人と会話してをり

木道にかがみて覗く野の花を行交ふ人らも足止めて見る

木道を走りゆきたる児が我を呼ぶなり芒の中を指差し

火挟みにゴミ拾ひをれば横を行く登山者が小き声かけくるる

湿原に咲く曙草花びらの「これがあけぼの」手にとりて告ぐ

胸厚きバングラディシュの青年と幼児の言葉のごとき会話す

外来種の草を抜きつつ出合ひたり緑陰の澄みし音なき流れに

泥のつく顔見あはせて笑ひあふ野に作業するボランティア仲間と

外来種駆除の作業に時折を腰伸して仰ぐ紅葉の三俣（みまた）山

思ひゐし歌の一首の消えてをり高原の職場に雪掻きをれば

ゴミ拾ひするあり山に向ふありキャンプするあり坊が釣には

辿り着きし山頂は濃き霧の中現れし人と言葉交せり

秋　茜

木の芽立つ朝の高原たよりなき歩みに白き老犬がくる

何の用ありしか白毛の老犬が眼くぼみてゆく原の道

見下しの新緑の海ナベ谷の底ひより湧く鳥の声々

魚の影見えねど茅の間を流るる水面(みなも)ひととき揺れてをさまる

山道をゆく我が背に言聞かせるごとく鶯の声が追ひくる

夕なずむ高原の道節まはし一音たりぬ鶯の声

山歩きの足止まりぬ遠く聞く郭公の声の再びを待ち

ひとときの幻ならむ笹原を浮き沈みしつつ小鹿駆けゆく

高原の草刈り作業を癒すごと梅雨の晴間の郭公の声

雲の影淡き筋ひく湿原に散りては集ひ舞ふ秋茜

かくし水

粉雪にかすむ木道をくぐまりて一列にゆく人影淡し

木道に歩みを止めて芒原を背にせし母を娘が撮りてをり

穂すすきの揺るる木道幼らがまろぶが如く声あげてゆく

冬の原歩きこし児が雪まみれの手袋をひたすら払ひてをりぬ

原色の登山の装ひ五、六人枯原をゆく急ぐともなく

ふるさとの山案内する友ときに忍者のごとく樹々にまぎるる

深山の中腹に出づる水ありて「かくし水」とふ　人ら憩へり

大らかな筋雲の空さ緑の揺るる野原を人ひとり行く

雲去りて霧氷の三保（みまた）山現るを「ああ」と声して仰ぐ人あり

まばらなる小雪舞ふ日は「寒いぞ」と低く呟く高原の老は

早朝の散歩のごとく久住山に登りきてわが職場に寄りき

巡りこし登山コースをどうしても告げたき人も来るわが職場

風雨強き坊が釣抜け下山せし合羽の人らの寡黙なる列

水のにほひ

踏み入りし小暗き森の杣道に桃色ひろぐる桜草の群

風強き高原のこぶしの花よ蝶となり飛び立ちてゆけこの風に乗り

クロモジの直なる芽吹きに寄りゆけばまとふ産毛が陽に透きてをり

地面まで陽射しのとどく裸木の林の木々の春のつぶやき

岸の辺に下(お)りゆけば湖(うみ)を渡りくる風あり水のほのかなる匂ひ

坊が鈞を去りつつ幾度も振り返れり雲間に見ゆる雪の大船山(だいせん)

高原をおほひし霧の冷々と胸の奥までしみ入るごとし

平らかに積みたる雪の原をゆく窪みに足を掬われながら

雪の原歩きゆく今日も先行きもわれ一人なる思ひ抱きて

登り来て山の清水を手に掬ひ声を発するその冷たさに

山道の下に見えこし池の面に冬樹の黒き影が揺らめく

霧氷

陰りたる草原の中をゆく川が光の帯となりて蛇行す

大ひなる雲の影山を巡りゐつ高原の風欲しきままうけ

羊雲斜めに走り大ひなる大地の隆起三俣山・硫黄山

さざ波のごとく落葉の吹かれゆく芽吹き間近き裸木の道

遠くのぞむ野火音もなく立ち上がりたちまち炎の隊列となる

高山を下り来たりし高原に野焼きの煙風に流るる

色づきし楓の木々に囲まるる山の神塚は大岩のもと

水底まで澄みし谷川岩の縁なぞりて付きしさくら花屑

山腹の小さき社を守りこし四分咲きの桜ひそと佇む

谷間を気ままに流るる霧ゆきてこぼるるばかりの白き卯の花

木の芽立つ林を行くに移りゆく季節を囁くせせらぎの音

紅葉のはなやぐ色をかくしたる渓谷の濃き闇芳し（かぐは）

雨の中木立の間にかひま見ゆる霧うごきゆく紅葉の大船山（だいせん）

艶やかな絹のごとくに波打ちて風に応ふる原の穂すすき

虫の舞ふごとくに黒き葉を放つ櫟林が終の落葉を

とりよろふ山々の秀は雲の中枯れ茅原の坊が釣ゆく

打ち伏せる芒の原に密かにも聞えくる水のせせらぎの音

陽に透きてなびく穂芒はるかなる阿蘇の山脈淡くかすみて

草地まで日射しくまなくゆきとどく櫟林の冬の安らぎ

陽に映ゆる霧氷の山をなぞりつつ淡き白雲動きゆくなり

湿原にたまりし水に張る氷そらを映して空より青し

九重の山望む雪原二筋の黒き轍が長々と伸ぶ

梢(うれ)までもくまなく雪に覆はれし谷間の木々の百なる姿態

猫とふたり

堪へきれず雪を落としし南天が頷くさまにひとときき揺るる

向き合ひて声かけをれば野良猫はつと落つる葉を目に追ひかくる

咲き並ぶ菜の花なべて道をゆく我に向きつつ風に笑へり

夜の更けて書を読みれば雨の外（と）に間をおき春の猫の声する

人を待つ雨上がりの路地黄昏をひきずるごとく黒き猫ゆく

渋滞に止(とど)まりをれば萌えゐづる楓若葉の洗礼を浴ぶ

交差点の路上を桜花びらの吹かれゆくなべてつま先立ちて

忍者の如く家内や庭に現れし白の野良猫この冬は見ぬ

町中の空地を埋むるネコジャラシ時に頭をそろへて吹かる

飼主の入院したる三匹の猫がわが庭の夕陽に集ふ

緑陰の川の淀みにゆるやかに渦をなしをりエゴの散り花

蔵屋根の下にぽつねんと座りゐて猫は台風の雨眺めをり

一人居の老い入院せし家の猫がわが足元にすり寄りてくる

置かれゐるタイヤの不粋を覆ふごと鳳仙花咲けり優しき色に

窓の辺に猫と目で追ふ真直ぐに飛びきてふいにゆらぐ蛍を

電線にカーテンのごとく下がる蔦　蔦にもいろんな生き方のあり

炬燵より出でたる猫が首振りてあたふたとゆく冷気求めて

対人に悩みゐる夜を黒猫の柔らかき毛をひたすらに撫ず

静かにも咲き満ちてゐるエゴの花呟くごとく白きを落す

華やかな披露宴より帰りきて小雨の庭に猫を呼びたり

涙

ことさらに明るき声にて部屋に入る裡に負目をもつ会合に

一日(ひとひ)終へ疲れたる身に目をつむり行者のごとく衣を脱ぎ捨つる

桜咲き木々の芽吹きの烟る道再生のなき吾が歩みゆく

山藤が覆ひて咲かす杉山のわが山なればおもひ切なし

パソコンに一日を費し外の空気求めて夕べの筋雲に遇ふ

綿布団並べし如き雲の空頼るひとなき吾が身を思ふ

零したるものの始末にしやがみゐてすぐには立てぬ齢と知りぬ

洗ひ物干して見上ぐる青き空　八十歳かと胸に呟く

暫くを忘れてゐたる口紅を引きてみる初に雪積る朝を

風邪ひきて三日を無為に過したり「こんな日もあるさ」と独居の独語

動物のねぐらへ帰るごとくにも一日一人の寝床にもぐる

悲しくはなけれど涙の滲むゆえ枕辺に置くティッシュの二枚

散りぎはの透きとほる黄の葉の一樹かくのごとくに老いてゆきたし

着膨れて長靴に踏む雪深しにはかに老いたる如く歩みぬ

裡ふかく孤独はあれど独り身の気楽さをやや投げやりに言ふ

十畳の障子の部屋を閉ぢゐつつ吾が代で終る部屋かと思ふ

暗き廊下のほのかな赤をたどりゆきて夕日の満つるガラス戸に着く

夢に笑ふ

集中力切るれば顔をなでまはし読み継ぎてゆく歌の数々

わが歌のつたなきを胸に恥じゐつ師の墓に立つ寺庭（にわ）静かなり

代筆のわが傍に立ち盲目の君は次々と歌を諳んず

なに程の足しになるらむ駐車して車に歌の一首なせども

夢の中の笑ひが声となり目覚めその可笑しきこと何かわからず

里宮にて

石畳の坂道長し遠祖(とほおや)も息つぎゐつつ宮参りせむ

里宮の神棚の奥清むれば神は素朴な木(もく)の彫りもの

里宮の祝詞を茣蓙に座して聞く厚着の背丸き女七人

御神楽のリズムは体の何処かを呼び覚すなり春の里宮

人垣の頭の上に蛇(じゃ)踊りの蛇の顔ときおり夜の灯にうかぶ

蛇のあとをシンバル鳴らし志那服の幼ら続き蛇踊り終る

須佐之男(すさのを)を舞終へ口上を言ふ鬼の面(おもて)にこもる吐く息の声

御社(みやしろ)の背後の田畦に群れ咲きて身じろぎもせぬキツネノカミソリ

歌碑

姫女苑の花で蜘蛛の巣はらひつつ丘への道ゆく歌碑を訪ねて

人気なき師の歌碑の辺に佇みて九重(くぢう)を仰ぐ青深き空

師の歌碑の背後（そびら）に九重の山々の迫りて秋の色に鎮る

木漏れ日の揺るる山の辺傾きし茣蓙に座りてなす歌の会

山の辺の木陰に集ふ歌の会陽の移ろひに動かす敷き茣蓙

郷(さと)の四季

木漏れ日の斜めに伸びる坂道を覆ふ桜の蕊(しべ)を踏みゆく

曇り日の夕べの桜ひと片も散らさぬ静かな沈黙のとき

揺れてゐる木立の影が硝子戸に光り耀ふ水の如くに

空埋めし雲の海原孤独なる旅するごとく月わたりゆく

水嵩の減りてあらはる川の石黒々としてそれぞれの貌

降りしきる雪に混じりて電線の形のままにくづほれる雪

黒々と峙(そばだ)つ山の谷間を覗きつつ楕円の月影冴ゆる

漆黒の空のひとかた綻びて口開けしごとき冬の三日月

朝靄の中に浮かびてうすら雪被きし山が鈍く光れり

冬の陽に時のとまりし山里の川の流れのただにきらめく

道の上に縞目の影をおとしつつ落葉樹林は冬陽に黙す

夕光を含みて群るる雲の下万年山（はねやま）は青く暗く横たふ

櫟林の中の日溜りにそよぐ草ひそかに過ぐる風のあるらし

櫟林の道に停まれば窓ガラスを雄花がひそと滑り落ちゆく

遠くのぞむ公孫樹の一樹小刻みに身を震はせて葉をこぼしをり

渓谷の出湯に射し込む秋の陽の光がゆらぐ肌の上にも

川沿ひの大木がいだく深き闇奈落に落つるごとく葉の散る

まんさくの花

黄の糸のほぐるる如くこの春の日射しに生(あ)れしまんさくの花

仰ぎ見る青空の中に陽の光まとふ黄の色満作の花

あえかなる満作の黄をふんはりとつつみて春の雪は降りつぐ

やはらかな光含みし靄まとひ万年山は郷の西に暮れゆく

高山に見下ろす硫黄の白き谷に曲がりくねれる細き道あり

逆光の光の縁（ふち）をまとひ立つ朝もやの中の桂の大樹

紅葉の高山を日射し移りゆき蘇る色しづみゆくいろ

藍色に暮れし山腹よぎりゆく車灯は獣の眼（まなこ）にも似て

まだらなる黒雲の原縫ひてゆく半月は長き旅するごとく

苔おほふ土手に滲める山水が午後の日射しに光を奏づ

頂の白き三俣(みまた)山を背景に野焼きの炎ゆらめき進む

あとがき

平成十年に五年間介護をした母が逝き、いろんな事後のことを終え、九重(くじゅう)の山の噴煙を仰いだ時の鮮明な記憶が今も残っています。青空のもと、雄大な山間から立ち上る白い噴煙に自然の力と息吹を感じ、抱き込まれるような癒しを覚えたものでした。その後、母の遺品の中でも、母が長年会員であった沢山の朱竹誌に囲まれる中で、母の死をきっかけに歌を作るようになりました。従いましてこの歌集は母の死に触発された線上に成ったものです。

それ以前は私的なことですが、昭和四十九年に「九重(くじゅう)の自然を守る会」に入会し、沢山の尊敬する人や仲間とともに自然に親しみ、長者原ビジターセンターにも勤めるようになって、九重の自然に深く関わることになりました。また若い時から続けていた日本舞踊の指導も続けながら、昼も夜も働く慌ただしい生活の中で作歌を続けてまいりました。

九重連山の麓、飯田高原に川端康成が昭和二十七年・二十八年と二回訪れたことを記念した「川端文学碑」があります。その碑には「雪月花最思友」（雪月花の時、最も友を思う）という漢詩が刻まれており、日本の四季、情緒、言葉を表現した川端康成の小説とともに今も感銘を受けている言葉です。この碑が建てられたのが昭和四十九年であり、私が九重の自然と関わり始めた時期でもあります。そして自然のなかで感じた感動や思いを誰かに伝えたい、知ってもらいたいという思いが私の短歌の起点であったような気がいたします。

歌集名の『まんさくの花』は、九重では寒さの厳しい冬の終わるころ、まだ枯れ色の景色の中に、黄色い糸がほぐれるような満作が咲きます。「まず咲く花」という意味もあるこの花を見ると、胸が膨らむような春の予感を感じます。そのことを詠んだ歌から引用したものです。

歌作三十年になりますが、年齢の方は随分長く生きておりまして。その割には恥ずかしい歌の数々で発表を幾度も迷いましたが、私の場合、この世に残すものの何もなく、羞恥にかられながらの歌集出版となりました。

しかしながら、私的な面では豊かに過ごしてきました「九重の自然を守る会」において、自然に学び、楽しみ、奉仕をしながら自然の素晴らしさを共に体験してきた会員、仲間の皆様に、この場をお借りして感謝を申し上げたいと思います。

出版にあたりましては朱竹代表の伊勢方信先生に選歌・編集をはじめ一方ならぬご助力を頂き、身に余るご序文まで頂きました。改めて厚く感謝申し上げます。

これまで沢山の先輩、歌友に恵まれ、伊勢先生の懇切なご指導のもと、「朱竹」の皆様にもご交誼を頂き、皆様の作品に刺激を受け、学びながら過ごしてまいりましたこと、また、玖珠九重短歌会の皆様にも暖かいご交友を頂き、心より感謝を申し上げます。

最後になりましたが出版にあたり格段のご配慮を賜りました、砂子屋書房の田村雅之様をはじめスタッフの皆様、装本の倉本修様には記してお礼の言葉に代えさせていただきます。

令和五年九月一日

橋爪あやこ

著者略歴

橋爪あやこ（はじづめ・あやこ）

昭和16年（1941年）東京都にて出生
昭和40年（1965年）「朱竹」入会・2年後都合により退会
平成10年（1998年）「朱竹」再入会　工藤忠士の後、伊勢方信に師事。日本歌人クラブ九州ブロック全九州短歌大会、良道忌（りょうどうき）短歌大会他の入賞など。

平成20年から24年まで、「朱竹短歌会」創立者の淺利良道を偲ぶ「良道忌短歌大会事務局」などを経て、現在、朱竹短歌会運営役員。大分県歌人クラブ地域代表代議員、玖珠九重短歌会代表。日本歌人クラブ会員。

昭和45年（1970年）花柳流名取資格を収得、5年後、花柳流富士和会を発足、会主となり日本舞踊の指導・活動を始む。昭和60年（1985年）花柳流専門部資格を取得し現在に至る。

平成7年（1995年）から九重（くじゅう）の「長者原ビジターセンター」に勤務、平成9年（1997年）から平成23年（2011年）まで館長を務む。

歌集　まんさくの花　　朱竹叢書第51篇

二〇二三年一二月一九日初版発行

著　者　橋爪あやこ
大分県玖珠郡九重町石田一〇一〇の一（〒八七九—四八〇一）

発行者　田村雅之

発行所　砂子屋書房
東京都千代田区内神田三—四—七（〒一〇一—〇〇四七）
電話　〇三—三二五六—四七〇八　振替　〇〇一三〇—二—九七六三一
URL http://www.sunagoya.com

組　版　はあどわあく

印　刷　長野印刷商工株式会社

製　本　渋谷文泉閣